PUMP PRYSUR

PNAWN DIOG

PUMP PRYSUR

Twm   Ani   Dic   Siôn   Jo

Y fersiwn Saesneg

Hawlfraint y testun © Enid Blyton, 1956

Hawlfraint yr arlunwaith © Jamie Littler, 2014

Mae llofnod Enid Blyton yn nod masnach sydd wedi'i gofrestru gan Hodder & Stoughton Cyf
Cyhoeddwyd y testun gyntaf ym Mhrydain Fawr yn nhrydydd rhifyn Cylchgrawn Blynyddol
Enid Blyton yn 1956. Mae hefyd ar gael yn *The Famous Five Short Stories* sydd wedi'u cyhoeddi
gan Lyfrau Plant Hodder. Wedi'i gyhoeddi gyntaf yn yr argraffiad hwn ym Mhrydain Fawr gan
Lyfrau Plant Hodder yn 2014.

Mae hawliau Enid Blyton a Jamie Littler wedi'u cydnabod fel Awdur a Dylunydd y gwaith hwn.
Mae eu hawliau wedi'u datgan dan Ddeddf Hawlfreintiau, Dyluniadau a Phatentau 1988.

Mae *Hodder Children's Books* yn rhan o *Hachette Children's Books*
Hachette UK Limited, 338 Euston Road, Llundain NW1 3BH
www.hachette.co.uk

Y fersiwn Cymraeg

Y cyhoeddiad Cymraeg © Atebol Cyfyngedig, Adeiladau'r Fagwyr, Llanfihangel Genau'r Glyn,
Aberystwyth, Ceredigion SY24 5AQ

Cyhoeddwyd gan Atebol Cyfyngedig yn 2015

Addaswyd i'r Gymraeg gan Manon Steffan Ros

Dyluniwyd gan Owain Hammonds

Golygwyd gan Adran Olygyddol Cyngor Llyfrau Cymru

Cyhoeddwyd gyda chymorth ariannol Cyngor Llyfrau Cymru

www.atebol.com

Enid Blyton

PUMP PRYSUR

PNAWN DIOG

Addasiad Cymraeg gan **Manon Steffan Ros**
Arlunwaith gan **Jamie Littler**

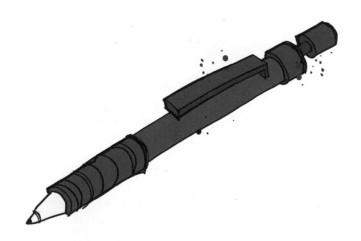

CynnWYS

Pennod 1	7
Pennod 2	13
Pennod 3	23
Pennod 4	37
Pennod 5	47
Pennod 6	55
Pennod 7	65
Pennod 8	73

PENNOD UN

'Whiw! Mae'n boeth,' meddai
Siôn, gan chwifio darn o bapur o flaen ei wyneb.
'Be' wnawn ni pnawn 'ma?'

'Dim byd!' atebodd Dic yn syth.
'Dwi'n toddi yn y gwres yma. Mae'n rhy
boeth i nofio, hyd yn oed.'

'Mi gawn ni **bnawn diog** am unwaith,' meddai Jo. 'Os oes unrhyw un yn awgrymu mynd ar y beics neu fynd am dro yn y tywydd yma, mi wna i sgrechian.'

'**Wff,**' cyfarthodd Twm ar unwaith.

'Awgrymu ein bod ni'n mynd am dro mae o,' chwarddodd Ani. 'Mae'n rhaid i ti sgrechian!'

'**Mae'n rhy boeth i wneud hynny,**' meddai Jo. 'Be' am ddod o hyd i le cysgodol, mynd â'n llyfrau, a darllen neu gysgu tan amser te? Byddai'n braf gwneud dim am unwaith.'

'*Wff,*' cyfarthodd Twm yn flin, gan anghytuno'n llwyr.

'Dewch 'ta,' meddai Siôn. 'Awn ni i'r goedlan gysgodol yna, wrth y nant fach sy'n byrlymu'n **oer, braf ...**'

'Syniad da!' meddai Dic, ac i ffwrdd â nhw dow-dow, yn methu'n lân â dal i fyny efo Twm, y ci bywiog.

'Mae edrych ar Twm yn ddigon i wneud i mi chwysu,' cwynodd Dic. 'Mae ei glywed o'n codi 'ngwres i, yn pwffian fel injan stêm. Cadwa dy dafod yn dy geg, Twm – fedra i ddim diodde 'i weld o.'

PENNOD DAU

Rhedodd Twm ar y blaen, wedi gwirioni am ei fod o'n meddwl eu bod nhw'n mynd am dro. Cafodd **siom fawr** pan orffwysodd y lleill dan gysgod y coed mewn coedlan, â nant fechan gerllaw. Syllodd y ci arnyn nhw mewn diflastod.

'Sorri, Twm. **Dim mwy o gerdded,**' meddai Jo. 'Tyrd i eistedd efo ni. A beth bynnag wnei di, **dim hela cwningod** yn y gwres yma.'

'Gwastraffu dy amser fyddet ti, Twm,' meddai Dic. 'Mae pob bwni call yn cysgu yn ei dwll, yn aros am awel oer y nos.'

'**Wff,**' atebodd Twm yn ddirmygus, gan wylio'r pedwar yn gorffwys yn gyffyrddus dan len o goed bach a llwyni.

Roedd coed o bob maint yn y goedlan, ac wrth i'r pedwar setlo dan gysgod llwyn, doedd yr heulwen ddim yn eu cyrraedd o gwbl. A dweud y gwir, roedd hi'n **anodd** eu **gweld** yng nghanol y gwyrddni.

'Dyna welliant,' meddai Jo. 'Dwi'n meddwl mai dyma'r llecyn gorau gawn ni yn y gwres yma. Ac mae'r nant yn swnio mor braf yn sisial dros y cerrig. Dwi'n meddwl y ca' i fymryn o gwsg – ac os wyt ti'n meiddio neidio arna i, Twm, mi gei di fynd yn syth adre!'

Safodd Twm yn syllu ar y
pedwar wedi'u cuddio
dan y llwyn, ac aeth ei gynffon yn llipa.

Beth oedd pwrpas dod i ganol coed i orwedd a gwneud dim? Wel, roedd o'n mynd i **hela cwningod!** Trodd ar ei bawennau, gwthio drwy'r llwyn a diflannu.

Edrychodd Jo arno'n gadael.

"Mae o wedi mynd i hela cwningod, wedi'r cyfan,' meddai. 'Wel, gobeithio'i fod o'n cofio lle rydan ni ac yn dod yn ei ôl erbyn amser te. Cyfle am bnawn **diog a thawel**, felly!'

'Ti'n siarad gormod,' cwynodd Dic, cyn cael cic yn ei ochr gan Jo. 'Ew! Dwi'n

flinedig.'

PENNOD TRI

Ymhen ychydig funudau, doedd **dim un** o'r pedwar **yn effro**.

Roedd llyfrau heb eu hagor ar y llawr.

Brysiodd chwilen fach dros goes Ani, ond **wnaeth hi mo'i theimlo**.

Llamodd robin goch ar gangen
uwchben wyneb Dic, ond roedd
ei lygaid **ar gau** a welodd o
mohono.

Roedd hi wir yn bnawn poeth. Doedd dim enaid byw yn unman. **Doedd dim sŵn i'w glywed** heblaw am sisial y nant, ac aderyn melyn yr eithin a fynnai ganu ei fod am gael 'cornel fach o bei mwydod plis'.

Cysgodd y pedwar
yn drwm fel
petaen nhw
yn eu gwlâu.

Ac yna, ar lôn bell ar gyrion y coed, daeth
sŵn **moto-beic**. Roedd ganddo gerbyd
ochr, ac roedd o'n gwneud **tipyn o dwrw**.

Doedden nhw
ddim yn gwybod bod y
moto-beic wedi arafu a
**gyrru trwy'r
goedwig,**

gan ddilyn llwybr
oedd yn troelli
drwy'r coed.

Teithiai'r
moto-beic
yn dawel,

gan ei fod yn
symud mor
araf.

Daeth yn agos at y goedlan fach lle
gorweddai'r plant, **wedi'u**
cuddio yng nghysgod braf y llwyni.

Pesychodd injan y moto-beic ryw fymryn wrth iddo fynd heibio, a deffrodd Siôn yn sydyn.

Beth oedd y sŵn yna? Clustfeiniodd, ond fedrai o ddim clywed unrhyw beth gan fod y moto-beic a'r cerbyd ochr **wedi stopio**.

Caeodd Siôn ei lygaid eto. Ond agorodd nhw drachefn gan iddo **glywed lleisiau** – lleisiau isel. Mae'n rhaid bod 'na bobol yn y goedlan. Ond ymhle? Gobeithiai Siôn na fydden nhw'n tarfu ar y pedwar yn eu cuddfan gysgodol. Gwnaeth **dwll bach** yn y dail, **a syllu** drwyddo.

PENNOD PEDWAR

O'i flaen gwelodd Siôn y **moto-beic** a'r **cerbyd ochr** ar y llwybr gwyrdd. Gwelodd **ddau ddyn**, ac un ohonyn nhw'n dringo allan o'r cerbyd ochr. Doedd Siôn ddim yn hoffi eu golwg nhw.

'Am **ddynion cas yr olwg**,' meddyliodd. 'Be' maen nhw'n ei wneud yma yng nghanol y pnawn?'

Siaradai'r dynion mewn lleisiau isel ar y dechrau, ond wedyn dechreuodd y ddau ddadlau. Cododd un ei lais.

'Dwi'n bendant bod 'na **rywun yn ein dilyn ni!** Yr unig beth fedrwn ni wneud ydi **gadael y stwff** yn fa'ma.'

Llusgodd un o'r dynion **fag bach** allan o'r cerbyd ochr. Roedd fel petai'r ail ddyn yn grwgnach, gan anghytuno â'r llall.

'Wir i ti, ddaw 'na **neb** o hyd iddo fo yn fa'ma,' meddai'r dyn cyntaf. 'Be' sy'n bod arnat ti? Fedrwn ni ddim mentro cael ein dal **efo'r stwff** yma. A dwi'n gwybod ein bod ni'n cael

ein **dilyn**. Petaen ni heb fynd drwy'r goleuadau traffig yna, fydden ni byth wedi dianc...'

Deffrodd Siôn y lleill, a sibrwd yr hanes wrthyn nhw. Roedd **rhywbeth rhyfedd yn digwydd** yr ochr arall i'r llwyn!

Aeth y pedwar i **sbecian** drwy **wagle rhwng dail y coed** ar yr hyn oedd yn digwydd.

Gorweddai rhywbeth a edrychai fel **bag post** ar y llawr ger y moto-beic.

'Be' wnân nhw efo'r bag?' sibrydodd Jo. 'A ddylwn i neidio o'r llwyn?'

'Syniad da, tasa **Twm** efo ni,' sibrydodd Siôn. 'Ond mae o wedi mynd i hela cwningod. Falla ei fod o **filltiroedd i ffwrdd.**'

'Ac mae'r dynion yma'n beryg bywyd,' meddai Dic. 'Gwell i ni **aros** lle rydan ni, a'u gwylio nhw.'

PENNOD PUMP

'Gobeithio y byddwn ni'n medru gweld lle maen nhw'n cuddio'r stwff, beth bynnag ydi o,' meddai Ani, gan sbecian drwy'r dail. 'I ffwrdd â nhw rŵan efo'r bag.'

'**Mi fedra i eu gweld nhw!**' meddai Dic, mor gyffrous nes y bu bron iddo ag anghofio sibrwd. 'Maen nhw'n **dringo coeden**!'

'Ydyn. Mae un yno'n barod, a'r llall yn **pasio'r bag** iddo fo,' sibrydodd Siôn. 'Mae'n rhaid bod 'na dwll yn y **boncyff**. O, biti nad ydi Twm yma!'

'Mae'r dyn arall yn trio dringo'r goeden,' meddai Jo. 'Mae'n siŵr fod y llall angen help llaw. **Rhaid bod y bag yn sownd.**'

Roedd y ddau ddyn i fyny yn y goeden erbyn hyn, yn trio **stwffio'r bag** i dwll yn y pren. O'r diwedd, daeth **sŵn trwm** fel petai'r bag wedi'i **ollwng** i'r gwagle.

'Biti garw nad ydi **Twm** yma!' meddai Siôn eto. 'Mae'n anodd eistedd yma a **gwneud dim** – ond waeth i ni heb â thrio yn erbyn y ddau ddyn yna!'

Yn sydyn, daeth sŵn i'w clustiau – **sŵn pawennau ar frys**. Wedyn, daeth **'Wff'** cyfarwydd.

'Twm!' gwaeddodd Siôn a Jo fel parti llefaru, a neidiodd Siôn o'r guddfan ar unwaith. 'Dywed wrth Twm am **warchod y goeden**, Jo, reit sydyn!'

PENNOD CHWECH

'Dos, Twm – y **goeden!**' gwaeddodd Jo, a rhuthrodd Twm mewn syndod at y goeden ble syllai'r dynion i'r llawr mewn braw.

Ysgyrnygodd Twm,
a'r twrw'n ddigon i **oeri'r gwaed.**

Sleifiodd un dyn, oedd
ar fin neidio, yn ôl i
fyny'r goeden.

'Cadwch drefn ar eich ci!'
bloeddiodd. 'Be' dach chi'n feddwl dach chi'n
neud?'

'Dwedwch wrthan ni be' dach *chi*'n ei
wneud,' meddai Siôn. 'Be' sydd yn y bag dach
chi wedi'i wthio i'r twll yn y goeden?'

'Pa fag? Am be' dach chi'n sôn? Dach
chi wedi drysu!' gwaeddodd y dyn. **'Cadwch
drefn ar eich ci** neu mi **ddywedwn ni**
wrth yr **heddlu!'**

**'Iawn 'ta! Mi ddywedwn ni amdanoch
chi'r un pryd!'** meddai Siôn. 'Arhoswch yn y
goeden tan i ni ddod yn ôl efo'r heddlu – a
dwi'n eich rhybuddio chi, byddwch chi'n difaru
os triwch chi neidio o'r goeden a dianc. Does
gynnoch chi ddim syniad pa mor **finiog** ydi
dannedd y ci!'

Roedd y dynion **mor flin** fel mai prin y gallen nhw siarad. **Cyfarthodd** Twm yn uchel, a **neidio** gan geisio'u cyrraedd nhw.

Trodd Siôn i wynebu'r lleill. 'Ewch at y prif lôn a stopiwch un o'r ceir. Ewch i'r orsaf heddlu agosaf a dweud wrthyn nhw am anfon heddlu yma yn syth bìn – brysiwch!'

61

Ond cyn i'r lleill symud modfedd, daeth sŵn **moto-beic eto** – ac yna **un arall**, a'r ddau yn hercian ar hyd llwybr y goedlan. Tawelodd Siôn. Oedd mwy o ddynion drwg ar fin cyrraedd? Os felly, byddai Twm yn gymorth mawr. Cuddiodd Siôn a'r lleill y tu ôl i'r coed a gwylio i weld pwy oedd ar y moto-beics.

PENNOD
SAITH

'Heddlu!' bloeddiodd Dic, wrth weld y
wisg gyfarwydd. 'Mae'n rhaid mai nhw oedd yn
dilyn y dynion. Mae'n rhaid bod rhywun wedi'u
gweld nhw'n dod i'r goedwig!'

'Hei! Gawn ni'ch helpu chi?' Stopiodd yr heddlu mewn syndod. Sylwodd y ddau heddwas ar y moto-beic a'r cerbyd ochr.

'Ydach chi wedi gweld **dau ddyn efo bag?'** gwaeddodd un ohonynt.

'Do. **Mae ein ci** ni'n gwylio'r **dynion yn ofalus** – maen nhw i fyny yn y **goeden!'** atebodd Siôn, gan symud tuag at yr heddlu. 'Rydach chi wedi cyrraedd mewn pryd i'w dal nhw!'

'Go dda,' meddai'r heddwas gyda gwên wrth iddo weld y dynion ofnus yn y goeden, a **Twm** yn **llamu** wrth geisio eu cyrraedd. 'Ydi'r bag yna hefyd?'

'Ydi – mewn twll ym moncyff y goeden,' atebodd Siôn.

'Wel, diolch o
galon am wneud
ein gwaith i ni,'
meddai'r heddwas arall.
'Mae rhai o'n ffrindiau ni ar
y ffordd fawr,' meddai.
'Byddan nhw yma mewn dim o
dro.' Edrychodd ar y ddau ddyn.
'Wel, Jim a Stan, roeddech chi'n
meddwl eich bod chi wedi'n twyllo ni, yn
doeddech? Ydych chi am ddod yn dawel, neu
a fydd raid i ni ofyn i'r ci roi help llaw i ni?'

PENNOD WYTH

Syllodd Jim a Stan ar **Twm**.

'Mi ddown ni'n dawel,' meddai'r ddau, a phan ddaeth tri heddwas arall i'r goedlan ar eu beiciau, doedd dim trafferth i'r heddlu eu dal.

Aeth yr heddlu â Jim a Stan, a **chyfarthodd** Twm yn ddig am **un tro olaf**. Gwyliodd y Pump wrth i'r dynion, y moto-beics, a'r cerbyd ochr ddiflannu'n herciog i fyny'r llwybr yn ôl i'r brif ffordd.

'Wel!' meddai Jo. 'Sôn am **bnawn diog** – dwi'n **boethach** nag erioed!'

'**Wff,**' cyfarthodd Twm, ei dafod hir bron â chyrraedd y llawr. Roedd yntau'n edrych yn boeth iawn, hefyd.

'Wel, ddylet ti ddim hela cwningod,' meddai Jo. 'Does dim rhyfedd dy fod ti'n boeth!'

'Diolch byth ei fod o wedi mynd i hela!' meddai Dic. 'Petai o wedi bod efo ni, byddai wedi cyfarth, a byddai'r dynion wedi gwybod ein bod ni yma – ac wedi cuddio'r bag yn rhywle arall. Fydden ni ddim wedi gweld be' oedden nhw'n ei wneud, na'u dal nhw.'

'Mae hynny'n wir,' cytunodd Jo, a mwytho pen Twm. 'Ol-reit, Twm. Roeddet ti'n iawn i fynd i hela cwningod – a dod yn ôl pan wnest ti!'

'Amser te, bawb!'

meddai Dic, gan edrych ar ei oriawr.
'Wel, am **bnawn braf**, tawel!
Mi ges i amser penigamp!'

Gobeithio eich bod wedi
mwynhau'r stori fer yma.

Os ydych chi am ddarllen mwy am
helyntion y PUMP PRYSUR yna
ewch i atebol.com am fwy o
wybodaeth am y teitlau diweddaraf.